KB140745

바람의 수첩

시산맥 기획시선 092

제35차 기획시선 공모당선 시집

바람의 수첩

시산맥 기획시선 092

초판 1쇄 발행 | 2023년 01월 02일

지은이 화엽 이명희
펴낸이 문정영
펴낸곳 시산맥사
편집주간 김필영
편집위원 신정민 최연수
등록번호 제300-2013-12호
등록일자 2009년 4월 15일
주소 03131 서울특별시 종로구 율곡로 6길 36.
월드오피스텔 1102호
전화 02-764-8722, 010-8894-8722
전자우편 poemmtss@naver.com
시산맥카페 http://cafe.daum.net/poemmtss

ISBN 979-11-6243-326-3 03810

값 10,000원

* 이 책은 교보문고와 연계하여 전자북으로 발간되었습니다.

* 본문 페이지에서 한 연이 첫 번째 행에서 시작될 때에는 〈 표기를 합니다.

* 저자의 의도에 따라 작품의 보조 동사와 합성 명사는 띄어쓰기가 달라질 수 있습니다.

바람의 수첩

화엽 이명희 시집

■ 시인의 말

시의 성품은
바람을 닮았다

보이지 않는 손으로
사계절을 짓는 바람

바람이 스치는 곳에
시가 있을까

끝까지
바람을 따라가 보기로 했다

2023년 1월, 화엽 이명희

■ 차 례

1부

2부

3부

4부

1부

씨앗 젓갈

도랑물이 달리는 방향

달리고 달려도
지치지 않는 도랑물,
내가 먼저
목적지에 도달하겠다고
숨 헐떡이며 달리지 않는다

서로 어깨를 맞대고
하얀 맨발로
큰 돌 작은 돌 밟으며
서로 격려하며 달린다

벼랑에서 굴러떨어지면 힘을 모아
더 깊고 넓은 물줄기 만들어 간다

함께 달리자 달려
밤이 낮이 되고 낮이 밤이 되어도
넓은 강을 향해 쉼 없이 쉼 없이

시간의 성전

시간은 늙지 않는다
눈망울 굴리며 쉬지 않고 달리는 힘
자신만만하다
영특한 그는 과거 현재 미래를 연결하며
세상을 바늘 끝에 매달고 간다

그는 누구에게나 공평하게 대한다고 큰소리친다
하지만 성격이 변화무쌍해
연한 순 같다가도 어느 순간 가시가 돋아나고
봄볕 같다가도 폭풍우 몰고 온다
굴곡진 길 평탄한 길 품고 가며
새로운 눈을 뜨게 한다

때를 놓치지 않고 돌 틈에서 봄을 밝힌 민들레
사월이 가기도 전, 대궁에 씨앗을 매달고
또 다른 시작을 꿈꾸고 있다
아니 시간 앞에 공손히 머리 숙이고 있다
이 세상 모든 것
시간의 성전이 주관하는 것

들꽃도 아는 것일까

시간의 숨결은 늘 새롭다

봄맞이꽃

이른 봄에 피는 꽃은

모두 키가 작다

꽃다지 봄까치꽃 냉이꽃 제비꽃 민들레꽃

이 꽃들은 봄바람 속에 도사리고 있는

매서움을 이겨내는 지혜가 있다

웃자라지 않고 낮게 자라서

세상 풍파에 휘말리지 않고

부드러운 손길로 찬바람 달래어

꽃을 피워 낸다

씨앗젓갈

대명항 젓갈 판매소
씨앗젓갈 글자가 나를 끌어당겼다
어떤 씨앗으로 담은 젓갈일까 궁금해 사 온 씨앗젓갈
날치알 청어알 명태알, 호박씨 해바라기씨가 섞여 있다

바다에 알을 뿌리지 못하고
들로 나가 싹을 틔우지 못하고
짜디짠 젓갈이 되어 씨앗인 척 이름만 지닌 저것들
사람의 몸에 씨를 뿌린다

나는 이미 죽은 씨앗을 삼킨다
헤엄치지 못한 수많은 명태가 내 몸에서 아우성친다
한때 씨앗 창고였지만 씨앗을 뿌릴 수 없는 몸
그들이 힘을 주며 일으켜 세운다

저 죽은 씨앗을 먹고도 우리는 살아간다
씨앗은 죽어서도 산다

모래 꽃

사막 내부에 풍경이 있네
까슬한 모래가 갈망하는
풀이 자라고 꽃 피고 열매 맺는,

그러나 뼈가 자라지 않아 일어서지 못하는 모래
마른 피부에 찾아든 바람이 때론 회오리 일으켜
날아오르다 부딪혀 심장은 단단해졌네
태양이 내리쪼여 물 한 방울 없는
광야를 지키며 초목이 자라는 불멸을 꿈꾸네

이리저리 떠밀리고 내팽개쳐도
모래는 눈물을 흘리지 않네

뿌리내린 가시 낙타풀 사투로 키웠네
가시에 찔려 흘린 피로 목을 축이며 사막을 건너는 낙타,
모래는 풀과 꽃 피우고 싶어 몸을 뒤척이네
세우지 못한 뼈의 안쪽에서 품고 있는 꿈이 반짝이네

불모지는 황폐한 사막이 아니었네

불평하고 걱정하는 내 마음이었네
잘 일구어 꽃 피워야 할
내 안의 모래밭이었네

빨랫줄 작품

북촌 한옥마을 어느 집
마당 빨랫줄에 빨래가 널려 있다
사람 사는 정겨움이 풍겨 나와
잃어버린 기억을 찾은 듯 반갑다

담 너머로 살펴보니
한 줄에는 하얀 기저귀가 물결치고 또 다른 줄에
주름치마 와이셔츠 꼬마원피스 양말…
식구들 이야기가 펄럭인다
한 폭의 다정한 그림이다

빨래는 햇빛 들고 바람이 잘 통하게 너는 기라
친정엄마 탈탈 털어 주름 펴고 빨래 위치 정해
반듯하게 널었다
무지개색을 펼친 빨랫줄
바람이 망쳐놓을까 봐 집게를 꽉 잡았다
바지랑대를 밀어 올리면 팔랑팔랑 재잘대는 빨래
맑은 평화가 빨랫줄에서 피어났다
〈

부지런한 엄마가 지금 마당에 나와
빨래를 널고 있다

바람풍선 저편

터가 억세
일 년을 못 버틴다는 가게 앞,
사람 모양의 키 큰 풍선이
땅에 닿게 인사를 하고 벌떡 일어나
춤추기를 쉼 없이 한다

바람 위에 떠서 허공을 향한 몸부림
그릇 판매점에서 기성복 판매로 몸을 바꾼 가게
사람들 모여들어 생계의 꿈 이룰까

바둥바둥 최선을 다해도
앞으로 나가지 못하고 제자리에 머문
내 삶의 이정표와 바람풍선
몸만 더 부푼다면
앞으로 더 갈 수 있을 텐데

스텝 없는 허공의 몸부림
싹이 트고 자랄 씨앗은 어디 있는지
〈

걸어 나가는 힘,
자빠지고 휘청거린다
내 몸 어딘가에 구멍이 있다
바람이 세고 있다

바람의 수첩

바람의 수첩을 넘기니
사계절 바람이 적혀 있다
샛바람 마파람 하늬바람 삭풍

지난번 다녀간 산과 다녀갈 산이 적혀 있다
사명산 줄기 아래 파로호, 그 옆 꽃섬에서 피고 지는
꽃양귀비 붓꽃 꽃창포 도라지꽃
들판에서 자라는 어린 소나무 버드나무 옥수수 콩 벼
마을 사람들과 밤나무집 이장님 이름도 적혀 있다

지금 대추나무를 흔드는 저 바람은
지구를 몇 바퀴나 돌고 왔을까

월명산 아래 작은 골짝 마을
잊지 않고 때맞추어 찾아와
바람 날개로 곡식 키우고 익혀 함께한다
삼월로 접어들자
살랑살랑 실바람으로 민들레꽃 피우고
곰치 곤드레 머위싹 새 힘 불어넣는다

〈

바람 안에 바람을 기록한 두툼한 수첩
사람 마음까지 파고드는 바람
내게 찾아올 적당한 시간도 기록하고 있을까
내게도 바람을 기록할 수첩이 있는데

화살나무 애상愛想

홑잎 나물이 돋았다
도심 한복판 도로변에서
내가 가장 예뻤던 봄을 만났다

산마을 둔덕 날개 달린 화살나무가
밀어 올린 파릇파릇한 새싹
어린 내 눈에 연한 새잎은
봄이 사랑하는 예쁜 아이였다
홑잎 싹처럼 고운 아이 되길 기도했었다
신선한 촉, 봄 화살 당겨 초록으로 빛나면
산마을 사람들은 홑잎 나물로 밥상을 차렸고
아이들 몸에 홑잎 나물 향이 배면
드디어 봄이 활짝 열렸다

화살처럼 날아간 시간, 세상 변하여
도로변, 공원 관상용으로 나왔다
모두 규격품이다
자유로이 뻗어나가던 내 유년의 봄
어디에 숨은 걸까

산골짝

컹컹 개가 짖어 고요하다

메아리 되어 들려오는 소리

계곡이 조용히 듣고 있다

봄볕은 말없이 골짝을 비추고

지절대던 새소리도 재주꾼 다람쥐도

보이지 않는 한나절이다

고요가 고요를 감싸 더 깊어진 골짝

멀리서 개 짖는 소리 산울림으로 돌아와

새순 돋는 숨소리 푸르다

소금물 한 바가지

한 줌 소금의 힘,
한 생의 길에 꽃을 피우기도 하고 시들게 하는 것 보았지

폐병을 앓고 있는 엄마 위해 아버지가 구해온 흰 염소
풀밭이 제 세상인 양 뛰어다니며 좋아했지
어느 날 족제비 털을 사러 다닌 아저씨 나타나
폐병에 염소가 보약이라고 했지
바가지에 소금물을 풀어 억지로 먹이자
순한 눈동자에 맺힌 뜨거운 눈물이 매헤~ 소리에 젖어 들었지

한 줌 소금에 목숨을 내준 염소 덕분에
엄마는 봄 언덕처럼 새순이 돋았지
어린 나는 연둣빛 벌판을 그리다가도 가냘픈 염소 울음에 뿔이 났고
바가지 소금물이 가슴에 남아 하얀 염소 털이 돋았지

배추를 소금물에 절이면 지금도 딱한 염소 소리 들리지
하지만, 내 몸의 소금 창고는 쫄깃해져 간을 맞추지

바다의 아픔이 묻어 있는 소금 알갱이
한 바가지 물속에서 스르르 몸이 녹으며 다시 바다로 돌아갔지
사람을 먼저 생각하는 소금이지

패스워드 증후군

잃어버린 나를 찾고 있어요
나는 변함없는 나인데 내가 아니래요
나를 찾으려 새로운 문자나 숫자를 보여줘요
하지만 본인이 아니라며 문을 열어주지 않아요
다른 문을 두드려요
나도 모르는 나를 확인하려고 해요
또 다른 내가 생겼나 봐요
나는 비밀 문을 열지 못해 허공을 헤매요
해결 못 한 일들이 답답해 신음하고 있어요
아이디 비밀궁전이 밀무역을 하며 나를 속이고 있어요
정육면체의 서로 다른 면 같은 내 얼굴이
진짜 나를 흔들고 있어요

보이지 않는 거대한 외계인한테 복종하며 사는 우리
비밀번호에 사로잡혀 머리가 무거워요
내가 누구인지 몰라
내가 나를 치료하고 있어요

샘골 할머니의 통장

폐휴지 줍는 할머니,
이놈이 내 둥지야
바지에 낡은 통장을 넣고 다니신다

나이 들어도 곱상한 얼굴
한파 속에서 폐지 수집을 해도 어두운 표정 보이지 않는다
마을 사람들이 간혹 재활용품 모아 주면
샘이 솟네, 빙긋 웃으며
할 일 다 한 폐품은 부활하는디…
낡은 수레에 싣고 수집소로 향한다

푼돈이지만 차곡차곡 통장에 넣으며
감나무 까치집보다 든든하지
내 장례비용은 모아 놓아야 혀(해)
푸념 아닌 푸념을 웅얼거리기도 한다

찍히고 접힌 사연 품고 홀로 사는
샘골 할머니 마음에 통장이 둥지를 틀었다
그 통장 가지 뻗고 잎을 틔우는 중이다

냄비 밥 뜸 드는 저녁

구수한 저녁이네
냄비 밥 뜸 드는 냄새에

끓어 넘친 밥물 잦아들며
솔솔 밥 냄새 풍기니
거실이 킁킁 코를 벌름거리네
아궁이 무쇠솥에 엄마가 정성스레 저녁 지으면
대문 밖까지 풍기던 밥 익는 냄새네
별들도 밥 내음 맡고 황급히 눈을 뜨며
식구들 발걸음 재촉해 두레상에 둘러앉았지

전기압력밥솥이 알아서 밥을 짓고
공장 햇반이 끼니를 해결해 주는 편리함
구수한 숭늉도 빼앗아 갔지
냄비 밥솥에서 뜸 드는 쌀알들
불은 낮아지고 정성이 우리를 끌어당기는 저녁,
파르르 끓어 넘치는 저 가벼운 냄비 속에
헤아릴 수 없는 깊은 맛이 스며 있네

빈집에서 날개가 돈다

밤나무 둥치에 엎드린 매미 허물,
기도하는 할머니 모습이다

얼마나 간절히 집 떠난 자식 생각했으면
피가 말라 속이 텅 비었을까

그녀의 빈집엔, 젖 물려 자식 키운
흙의 숨결 묻어 있고
세상을 향해 날아간
마음 찢긴 시간이 등껍질에 남아 있다

며느리 하늘에 보내고 손주들 위해
허물이 되신 할머니,
우리들을 세상 전부로 여기고
몸 돌볼 틈이 없었다

밤나무에 꼭 붙어 있는 은빛 허물
비바람에 몸이 상해도 자세 흩트리지 않는다
후손들
푸른 숲에서 고운 노래 부르며 살도록

2부

풋사과가 익어가는 저녁

흙, 봄날 파생어를 뿌리다

나는 모든 만물 품어 길러 주는 주어이지요. 훈풍이 접두사로 날갯짓하면 씨앗 싹틔워 파릇파릇 봄을 펼치지요. 그러면 종달새는 동사처럼 오르락내리락 언덕을 날아다니며 봄노래를 불러요. 울긋불긋 꽃을 피워 환히 밝힌 형용사 동산에 벌 나비가 앵두꽃 사과꽃 배꽃에 조사처럼 매달려요.

접속사 태양이 지상에 따스한 볕을 비추면 아기 열매들이 주렁주렁 보조어간으로 매달리지요. 농부들의 바쁜 일손 다독여 채소에 부호를 달아줘요. 접미사 봄비 아가씨 촉촉이 내리네요. 수다쟁이 부사 아줌마 자랑할 꽃도 많지만, 봄꽃이 제일 예쁘다며 어깨 들썩거리지요. 야생꿩 뻐꾹새 뙤꼴새 동박새 소리 흉내 내며 노래로 각주를 달아요.

나는 하나님도 깜짝 놀라는 소출을 올리지요. 하늘을 품었고 내 몸 안에는 파란 부리들이 살고 있어 새록새록 말의 씨를 물고 돋아나요. 이 봄날 아기자기한 언어들이 내 배꼽에서 날아올라요.

할머니의 봄

화창한 봄날
할머니 혼자 사는 토담집이 소란하다
겨울을 이기고 눈뜬 씨앗들이 도란거리고
텃밭 쪽파들이 아장아장 걸어 나와 할머니를 부른다
조잘대는 모습 귀여워 호미로 맞장구치는 할머니
엉덩이 간질이며 다독거려 준다
매운맛 나게 자라라
네, 네 뿌리에 힘을 준다

보드라운 초록들의 재롱에
굳은 근육 풀리고 마음 밝아진 할머니
살아가는 시간이 봄볕 같기를 바란다
봄 햇살 정답게 등을 다독인다
봄을 가꾸는 할머니 손이 푸르다
텃밭이 환하다

목련꽃 상점

골목골목 점포를 열었어요
가지마다 벙글어질 듯한 꽃봉오리 속에
봄을 넣어

올해 처음 나온 신상품이니
조기에 매진될 수 있다며
서둘러 사래요

나는 아파트 나들목 상점에서
고운 꽃송이를 살펴봐요
사람들은 값을 지불하지 않고
눈에다 가슴에다 담아가요
나도 목련꽃 몇 송이 마음에 품고 왔어요

점포마다 내놓은 꽃이 품절되기 전에
어서 꽃을 구입해야겠어요
기다려도 살 수 없는 봄날, 짧아요

봄의 생방송

실시간으로 중계되는
봄의 생방송은 늘 새롭다
산에서 들판으로 텃밭에서 화단으로 채널을 돌려도
감탄하며 고개 끄덕이는 소식이다

하지만 시청자 생각은 갖가지,
파릇한 산을 보고 밀고 나가는 힘이 있다 하고
시간은 잘도 변한다며 후회를 찾기도 한다
둔덕 연분홍 살구꽃이나 밭이랑에 노랗게 핀 장다리꽃 속에
훗날이 있다 하고 속절없는 봄 야속하다고도 한다
화단에는 쨍한 하늘 튤립 문을 열고 꽃잔디 수선화를 불러낸다
조화롭게 핀 꽃들을 보고 우리 할머닌
인생도 저렇게 해마다 새롭게 찾아오면 얼마나 좋겠냐
봄빛 붙잡고 허한 마음 달랜다

봄의 생방송은 무르익고
찔레꽃 아카시아꽃 한창인데
우리는 언제 봄 무대에 오르나

오디와 단오절

대접에 수북이 담긴 오디, 과일가게 판매대에서 계절을 알리고 있다.

단오절 무렵 농익은 오디는 여름을 불렀다. 누에를 기르던 농가는 뽕잎에 흘리던 땀을 단오절 천렵을 하며 그 해 농사일을 다졌다. 누에가 넉 잠을 자고 나면 뽕잎을 억세게 먹어 치워 가지에 오불오불 오디만 남았다. 그 오디는 맹맛, 잎이 자디잔 토종산뽕은 넘보는 손길 없어 잎 사이에 새까만 끝물 오디를 매달았다. 꿀맛 같은 맛에 아이들이 모여들고, 해 꼬리가 산자락에 간당거리면 까맣게 물든 입을 모래로 닦고 집으로 달렸다. 계집애들은 단옷날 그네뛰기 연습을, 머슴애들은 단오장사 씨름대회 연습을 늦게까지 했다고 둘러댔다.

뽕나무가 돈줄을 풀어 단오제로 푸르른 마을, 아이들은 오디가 사라져가 달콤한 이야기도 꾸며내지 못했다. 단오 그네를 뛰고 천하장사를 수두룩하게 길러내던 허풍쟁이 오디, 이제는 건강식품이라며 자랑하고 있다.

봄 풍경 주소

봄 풍경이 마음을 다듬어 주었다

잔병치레에 시달리던 초등학교 3학년 때
감기 몸살로 사흘을 앓아 누었다
그사이 다녀간 봄비,
봄을 자유롭게 그려 놓았다
파릇파릇 돋아난 나뭇잎과 군데군데 연분홍으로 피어난 개복숭아꽃
노랑나비 날고 아물아물 피어나는 아지랑이
봄날은 너무 아름다워 왠지 슬펐다

어지럼기에 길이 출렁이는데
꿀벌은 부지런히 꿀을 따고
아이들은 봄 동산을 뛰어다니며 깔깔거렸다
죽었던 들판이 살아나 즐거움을 주다니, 눈물이 아롱거렸다

마음을 읽은 봄 풍경
내 혈관에 봄기운 주사를 놓아주었다

〈

그 봄 풍경 주소

지금도 내 안에 있다

비 오는 날의 풍경

장맛비 세차게 내린다
창문 틈 사이로
스멀스멀 부침개 냄새 스며온다

빗줄기에도 젖지 않는
이 고소한 냄새는 어머니의 냄새,
추적추적 비 오는 날
텃밭 야채로 부추전 깻잎전 호박전
부치던 정겨움이다

나는 수십 년을 거슬러 올라가
어머니 곁에 앉는다
야채전에 빗줄기를 싸서 먹으면
우중충한 장마도 물러갔다

지금 어느 집 주방에서도
식구들이 도란도란 모여 앉아
한약보다 좋은 약 마음에 담나보다
〈

골목을 파고드는 저 고소함
훈훈한 가족 숨소리다

기억 속 날씨

유월 장맛비는
무언가 감추고 있었지

뿌연 안개 속에 추적추적 내리는 비,
망초대 환삼덩굴을 쑥쑥 키워
콩포기 팥포기가 일어서지 못하게 가리고 있었어
장맛비는 강자 편
시뚝하게 빗줄기를 바라보았었지

초등학교 6학년 일 학기 기말고사 날
제법 장맛비가 내리고 종일 침침했어
감추고 속이기에 괜찮을 것 같은 느낌
시험공부를 못 한 자연(과학) 과목
뜯어온 표준전과 진단평가지를 시험지 밑에 깔았지
시험지는 진단평가지와 흡사했어
답을 거의 옮겨 썼는데 다가온 선생님
시험지와 컨닝용지를 가져갔어
나는 영점을 받았고
숨긴 양심과 들킨 양심이 장맛비에 젖었지

〈

장맛비 내리면 부끄러운 그날의 심장이
나를 감추고 오므라들었어
환삼덩굴 속에서 얼굴 내미는 콩포기가 따라왔지
여린 잎은 그 모습 그대로
밭으로 뻗어나가려고 애를 썼으니까

풋사과가 익어가는 저녁

풋것들
여름밤이 깊어 가도록 잠 못 들고 있네

풋사과가 익어가는 밤은 새콤달콤해
우리 집 텃밭에 풋사과도
빰을 내밀고 총총한 별들을 보고 있네

내 색깔의 시 한 편 세우기 위해 잠 못 든 풋시인
풋사과와 눈이 마주쳤네
말벌이 파먹은 단맛 든 사과엔
여물어 가는 여름이 동글동글 사각거리네

이 밤에도 풋사과는 조금씩 조금씩 가을 쪽으로 걸어가고 있네
뒷산에서 톳쏙톳쏙 소쩍새의 애절한 울음에
층층이 목마름이 쌓여 저릿하네

상현달 같은 시절 두통을 앓으며

큰 돌 작은 돌 모난 돌로 탑을 쌓으려던 간절함,
풀벌레 소리와 별을 끌어모아도 흩어진 문장은
적막을 무겁게 몰고 오네
풋사과는
어른이 되기 위해 풋을 조금씩 버리는 밤이네

코스모스와 여고생

아파트 입구 화단에
어우러져 속살거리는 코스모스
여고시절을 호출해 놓고 한들거린다
그때, 품고 싶은 별이 깜박이며 흔들렸던 것처럼

가을바람은 추수가 한창인 들판을 품었고
정림리 양구여고 언덕길엔
무서리 견딘 코스모스가 무리 지어 피어 있었다
우리는 그 길을 걸으며
앞날을 마중 나가 이야기하며 깔깔댔으나
월요일마다 보는 쪽지 시험이 무겁게 마음 눌렀다

테두리에 갇혀 멀어진 가을
코스모스는 청순한 얼굴인데
여고 옆 공병대 나팔수 병사의 트럼펫 연습 소리가
꽃잎에 스며 뒤뚱거렸다
얼마나 많은 음을 갈고 다듬어야 하나
저 음률이 군부대 시간표인데
목마른 선율이 들녘에 떠돌았다

〈

시험 점수는 사소한 자유를 빼앗고

우리 앞길을 결정해 주는 것인 양

별들을 가렸다 비껴갔다 변덕을 부렸다

코스모스는 계절을 지키겠다고 제 빛깔 펼쳐

가을 냄새가 아리게 파고들었다

허공 길

낯선 새 한 마리 앙상한 감나무에 날아와 앉는다. 잠시 가쁜 숨을 고르더니 부리로 허공을 쪼아댄다. 먹이를 찾아왔지만, 나무엔 감 한 쪽 남아 있지 않다. 얼마나 먼 길을 걸어왔는지 축 처진 날개가 한없이 지쳐 있다.

푸드덕 날아가면 달콤한 열매가 있고
포근한 둥지가 있고 노래할 나무 그늘이 있다면
저 새는 이곳까지 날아왔을까

허공 길에도 발이 부르터 아픈지 절룩거리며 이 가지 저 가지 행여 먹을 것이 있나 찾고 있다.

어디서 왔을까, 모르는 저 새, 잃었던 길을 물고 먼 길을 다시 날아간다.

발걸음 랩소디

된서리 내린 가을 길
늙으신 아버지 혼자 걸어가신다

얼마나 많은 길을 걷고 걸었을까
아버지 발자국엔
회오리바람 천둥 번개 소낙비 소리 들리고
흙먼지 날리는 땡볕에도 찔레꽃 피어나고
자갈밭에 거름 짐 내시며 감자 싹 틔우는 소리 들어 있다

저녁 어스름, 시간은 몸을 바꾸고
느티나무에서 피어나던 봄날의 햇살
무성한 잎을 달던 푸른 기운
누렇게 물들여 떨어뜨린다

도착할 마지막 역 얼마 남지 않은 아버지
뒹구는 낙엽 밟으며 걷는 발걸음에
청리골 사계절 터벅터벅 들려온다

홍싸리꽃

여름이 가고 있어요
월명산 중턱에 무리 지어 있는 싸리꽃
아쉬움이 쌓인 그늘진 소리다

말복 무렵 싸리꽃 동산 발그레하게 어우러지면
토종벌 치는 아버진 신나게 휘파람을 부셨다
그해 꿀 농사의 성패는
마지막 꿀이 모이는 싸리꿀이 결정
수만 마리 토종벌은 쌩쌩, 싸리꽃은 바빴다

윙윙거리던 벌들은 누가 데려갔나
빗자루 만들어 마당을 쓸던 화전민은 떠나고
다래끼, 소쿠리, 삼태기를 만들던 샛골 영감님도 보이지
않고

못 견디게 붉어진 싸리꽃
인기 누렸던 그 시절 돌이키나
홍싸리꽃만 남아 산을 지키며 절기를 세고 있다

나뭇잎 초분草墳

11월은 스스로 장례를 치르는 중이다
늦가을의 뼈가 수두룩하다

초록빛 시절에는
햇살이 다정히 놀고 바람이 쉬어 가고
풀벌레들 둥지를 틀었다
신접살림을 차린 딱새 부부는
휘파람 불며 푸른 꿈을 설계했다
어우러져 사는 것이 좋아
배고픈 쐐기벌레에게 몸을 내주고
야금야금 구멍을 뚫어도 손아귀에 힘을 주고 견뎠다
나무줄기들은 바람에도 꺾이지 않고
붉고 노랗게 상처 난 나뭇잎을 붙잡아 주지만
돌아가야 할 때를 알고 허공을 향해 빈손으로 떠난다

계절 계절이 스민 나뭇잎,
숲길에 뒹굴며 새로 움틀 씨앗들의 이불이 되고
구석진 곳에 굴러가 미생의 밥이 되고 집이 되어 준다

저물어 가는 가을, 뼈가 훤히 보인다

마른 풀잎의 기도

말라 죽은 풀잎 검불
파릇파릇 돋는 새싹 감싸고 있다

경칩일, 봄이 나온다는 소문에 들판에 나왔다
바싹 마른 묵은 잎 살살 들추니
민들레 냉이 달래가 눈을 반짝인다

물기 말라가는 몸으로
땅에 몸을 펼쳐 눈보라 막아낸 마른 잎
어린순을 보듬고 있다

죽어가면서도 드린 기도 뿌리에 남아
어린 생명들 짙푸르게 일어설 준비를 하고
바스러진 몸은 거름이 되어준다

풍장 된 마른 잎에 봄이 다시 살아 푸르다

3부

뚱딴지의 몸값

열정 소나타

낡은 철대문 옆
거친 주름에 옹이 박힌 목련 한 그루
봄기운 감돌자 온 힘 쏟아
순식간에 목련송이 피워 올린다

등 굽고 터진 살갗 핑계 대지 않고
펑펑 꽃잎 터트리는 열정
지나는 사람들 심장 파고든다

거센 눈보라 건너온 꽃잎 속에는
담금질한 종소리 울리고
환히 밝힌 봄이 골목을 달린다

시간의 그릇

무엇이든 담는 시간의 그릇,

나는 밥을 먹을수록 허기져
달콤한 것을 달라고 간청하지
해와 달을 품고도 끄떡 않는 시간
므두셀라가 부탁해도 할 수 없다는 대꾸 없는 반응
일정한 걸음걸이의 우직함은 치우침이 없네

시간의 그릇에
내 생활이 제비꽃으로 피어나 별이 되길 바라며
꽃 피는 봄을 파란 가을 하늘을 담았지
땅속에서 싹트기를 참고 기다리는 겨울은 참아내고
폭풍우 몰아치는 여름날은 이겨내려 했지

그러나 영특한 시간의 그릇은
말과 행동 마음까지 담아
내 얼굴의 지나온 시간을 적어 놓았네

불나방

전등불을 향해 날아든다
비상과 착륙 비상과 착륙
수십 번 반복할 때마다
제 몸의 솜털 가루를 흩뿌린다

어둠 속에서 빛나는 심장
우리가 알지 못한 그 무엇을
저 나방은 보았기에 몸부림치며 달려드는 것일까
날아올랐다 부딪혔다 파닥파닥 표현하고자 하는
저 몸의 언어, 하지만 나는 읽을 수 없다

불나방이 몸부림치며 찾는 것
보일 듯 말 듯
잡힐 듯 말 듯
허공에 떠도는 집념, 불만 보면
목숨을 걸고 뛰어든다

그 열정 무엇을 위함일까

양파 여인

양파 동심원엔
달큰하고 아삭한 부드러움과 톡 쏘는 향이 있지
한 켜 한 켜 둥글게 몸을 불릴 때
훈풍 냉풍이 틈을 파고들어
중심을 바로 세우지

양파 같은 여인이 있지
어린 삼 남매 양파처럼 자라던 집
다리 난간에서 오토바이가 그녀 남편을 데려갔지
저렇게 고운 꽃은 바람에 꺾이고 말 거야
지인들은 근심 섞어 수군거렸지

어느 날 몸빼 차림에 앞치마를 두른 그녀
읍내 시장통에 채소밭을 펼쳤지
넓은 땅과 아파트가 손짓해도
멋진 넥타이가 다가와도
그녀는 한 겹 한 겹 성을 쌓았지
그때마다 양파는 매운 눈물 흘리며
삼 남매 단맛 나게 성장시켰지

〈

은빛 머리 휘날려도 그녀는
잘 여문 양파가 되어 시장통을 지키지

다리

기역자 허리로
정림리 다리를 건너가고 있는 할머니
지팡이 힘으로 가고 있네
다리가 하나 늘었는데 몇 걸음 걷다가 주저앉네
늦가을 찬바람이 저녁햇살 뚫고 가는데
여고생들 깔깔거리며 다리를 건너오고 있네
한때 할머니도 두 다리로 못 가는 데 없었지
텃밭 푸성귀 다라 한가득 이고 시오리 장터 오가던 다리
이젠 맨몸 하나도 못 지고 가네

할머니는 출렁거리는 세 개의 다리에 힘을 넣고 다시 건네
지팡이는 할머니 손을 놓치면 큰일 난다는 듯
할머니 손을 꼭 잡고 있네

어제를 표절하다

식구들 저녁을 준비한다
어제저녁 식탁을 표절하다가
특별 요리를 첨삭한다
어머니 솜씨를 표절한 두릅무침
내 손에서 봄 향기가 뒤뚱거린다

베란다 유리에 비친 화단 감나무
어제를 표절한 밥상,
똑같은 햇살과 바람으로 식사하고
새잎을 내밀고 있다

어제의 시간을 표절한 벽시계는
새롭게 다른 시간을 만들어 내는데

숟가락 도장

오래된 떡살 너덧 개
단돈 오천 원에 팔아버린 시어머니
잘 없앴다며 홀가분해 하신다

봉황새 물고기 국화 구름당초,
팔아버려 아깝네요
시할머니 팔순 잔치 떡, 막내 시동생 이바지 떡에서
피어나던 무늬 떠올라 대꾸했다
이젠 집에서 떡 하는 사람도 없다
떡살 도장 어디다 쓰냐

간절한 소원이 담긴 언어, 문양 속에 가득한데…

며칠 후 시어머니가 찐 쑥개떡엔
나뭇잎 코스모스 빗살무늬 나비 팔랑거린다
떡살 대신 숟가락으로 모양 좀 내봤당께
접시에 떡을 펼치신다 숟가락 도장 자국에
수없이 드나든 가슴앓이 햇살이 소곤댄다
〈

궁한 살림살이에
사소한 음식에도 멋을 담았던 우리 어머니들
숟가락 도장이 지켜주고 있었다

보이지 않는 문

치매癡呆기가 조금 있는 우리 시어머니,
가끔 화투를 혼자 하시며
헐거워진 옛길을 더듬는다
화투장을 펼치며
세상 풍경 다 들어 있는데 문이 안 보이네
혼잣말하신다
청홍단 꽃 같던 새댁 때
창호지에 12달 그림을 그려 광목천에 붙여
옻칠해 만든 화투,
솜씨 좋다고 먼 동네까지 소문이 나
여러 곳에서 주문이 들어오기도 했었다고…,
그땐 화투짝 그림처럼 멋들어지게 살 줄 알았는데
화투패 놀음처럼 부질없이 시간만 흘렀다고 푸념이시다

난, 지금도 문을 제대로 찾지 못하고
봄빛을 갈망하고 있어 생각에 잠겼는데
어머닌 국화꽃 패를 보셨는지
아따! 향기롭다 하신다
함박꽃 표정, 어인 일인지 금방 샐쭉해져

나 죽으면 마른 국화꽃 향기라도 나야 하는디
작은 소리로 되뇌신다
마음대로 두드릴 수 없는 그 문,
화투짝 꽃들도 헛손짓한다
땅속에서 새싹 돋는 씨앗처럼
내 안의 문은 두근거리는데

시어머니의 나무궤짝

이 애물 거리 어찌할꼬
나무궤짝 절반을 차지한 두루마리, 적색 파란색의 사모관대
시어머니는 수십 번 버리려 했다고

어느 날 옷궤짝으로 써야지
물건을 끌어내 아궁이 불 속에 넣으려는데
"나도 모르는 것이지만 그냥 간수하고 있어라"
새댁 시절 시할머니 목소리 불꽃 속에서 들렸다고

종친 모임 때 내놓으니
공부깨나 했다는 시 작은아버지
이런 걸 왜 이제 알려요 또 없어요
서둘러 사학자를 찾아가고

검증을 거쳐 대한민국 국보 제232호로 지정
최초로 발견된 개국공신록권이라고

그 옛날 무슨 일이 일어났는지 모르는 사연 끌어안고

시어머니 궤짝은 얼마나 답답했을까
투박한 나뭇결이 숨을 뱉는다

바퀴

신나게 굴러간다
목적지를 향해 달린다 달린다 달린다
그곳이
낙원의 동산이든 거친 난장판이든
눈 한 번 흘기지 않고

둥근 발에 세상을 휘감고
이 순간만은 성실한 세상 주인이 된다

이것 기웃 저것 기웃
간혹 헛바퀴 돌리며
미끄러지지 않으려 버틴 나,
신나게 도는 인생의 바퀴 찾지 못해
설익은 시간이 뒤뚱거린다

오늘도 돌고 있는
세상의 바퀴를 따라가지 못하고
뒤처져 헉헉거린다

낡은 수첩

서랍 구석에서 뒹구는 낡은 수첩, 한때 문을 열면 친절하게 나의 일정을 안내했던 그녀, 핸드폰에 일감을 빼앗기고 내 눈 밖으로 벗어났다.

방치해둔 마음의 두께 오래된 시간에서 메케한 먼지 냄새가 난다. 수많은 봄이 지나가고 있을 때 먼지에 묶여 그녀는 어느 사막을 헤매고 있었을까. 낡았다는 것은 오래 참고 견뎠다는 것, 애를 태우며 찾아주길 기다렸다는 것, 수첩을 여니 깨알 같은 글씨 흘러간 시간이 우수수 쏟아진다. 새움처럼 솟았던 시간 햇버들 같은 여인이 해맑게 웃는다. 계획이 무너져 이 골짝 저 골짝 헤맨 흔적도 있다. 그 사이사이에 햇쑥처럼 싯귀가 고개를 내민다.

낡은 수첩과 휴대폰
난 휴대폰을 집어 든다.

붉은 꽃

마지막 화장을 끝낸 순박한 신부
홍등 밝힌 냉장고 대기실에 앉아 있다

붉은 혈색에 부드러운 살결
식욕을 당길 화장발이 잘 받았다

시집갈 집이 식당이든 여염집이든 상관없다는 표정,
몸을 감싸 주던 가죽옷 잃고
한몸이 서로 헤어지던 그 시간,
소리 죽여 흘린 눈물이 붉게 꽃 피었다

뒷산 파란 풀을 뜯으며
풀꽃 향기 맡고 싶었던 순수한 꿈
이루지 못하고 이곳으로 실려와
영원을 위해 단장하고 숨을 고른다

사각의 팩에 담긴 꽃 한 송이 붉다

중심 잃은 꽃게

어시장에서 사 온 꽃게
펄떡이며 집게발을 쳐든다
날카로운 가시에
바다 무늬가 살아 있다
푸른 물결 가르던 힘으로
다리에 힘을 주어 버틴다

등이 뒤집힌 꽃게
열 개의 다리도 소용이 없다
단단한 집게발도 허우적거리며 허공만 찌른다
누군가 와서 뒤집어 달라고 발버둥 치고 있다
제 몸의 무게를 못 이긴 다리는 가벼워졌다

몸의 중심은 알고 보니 등에 있었다
다리가 아니었다

아버지 손

진솔한 자서전을 읽고 있다
곤히 주무시는 아버지 손을 보니
구십 평생 살아온 이야기가 쌓여 있다

옹이 박힌 손바닥 들뜬 손톱은 흙빛이다
앙상한 손이 만지고 온 시간이 쿡쿡 마음 찌른다
학창시절 일제강점기 가시터널 헤집고
6.25 전쟁이 허벅지에 총탄을 박아 불편한 몸,
사 남매 키우시고 내 작은 손잡아
기도해 주며 세상을 이길 힘 갖도록 뒷받침해 준 손이다
정직하고 부지런한 손이 세상을 움직인다며
돌밭을 일구고 오물을 만져 어둠 속 구멍을 메웠다

내 손을 본다 이 손으로 무엇을 했나
더 큰 집, 기름진 밥상을 위해
아무거나 만지며 움켜쥔 부끄러운 손이다

아버지 손은 지금도 자서전을 쓰고 있다
일으켜 세우고 마음과 마음을 이어주는
손길이 피워내는 이야기를

할머니의 민들레 피리

밭둑가에
하얗게 머리 센 민들레가 서 있네
뭔가 할 일이 남았는지 고개를 갸웃갸웃

손녀를 데리고 취나물을 뜯던 할머니
꽃대를 뽑아 꽃씨 날려 보내네
알몸으로 던져진 몸
떠돌다 앉는 곳은 어디일까

할머니는 꽃대로 피리를 만들어 부네
알 수 없는 곡조 애절히 봄 계곡을 울리고

낭떠러지 광풍에도 잘 견디어 왔다고
산모퉁이 부엉바위에서 들려오네

피고 지는 개꽃 무더기 아래 들꿩 노니는 소리
깊은 산골에 연둣빛 번져 가고
할머니 민들레 피리 후렴구에
봄날은 목이 메어 마음만 바쁘네

뚱딴지의 몸값

돼지감자 뻥튀기 사세요
성인병 예방 다이어트에 따봉
담백 고소하니 맛도 좋습니다
시장 골목에서 머리 희끗한 남자가 외치고 있다

순간 나는,
독한 것 파내고 파내도 식솔을 더 늘린 당께
콩 포기 팥 포기를 침범한 뚱딴지 대궁을
뽑아내며 할머니가 하던 말이 떠올랐다

맛없고 썩혀도 전분도 안 나오는 감자는 돼지 먹이
키우던 돼지가 없어지자
밭둑에 번지는 뚱딴지는 애물 거리였다
호미로는 안 돼 곡괭이로 뿌리를 헤집어도
캄캄한 곳에 숨어서 자식을 줄줄이 낳았다

질긴 끈기로 울퉁불퉁한 시간 견디어
귀한 몸으로 바뀐 돼지감자
구박 참으며 식솔 늘린 뚱딴지 짓,

시대가 바뀌어 덕을 누리고 있다
하얗게 피어난 뚱딴지
비닐봉지에 담겨 쌓여 있다

4부

어떤 호사

면접시험과 마트료시카

말쑥한 옷차림에 간절함을 담고
새싹 돋는 봄 언덕을 그려보는 취준생들,

시험관은 마음에 드는 일꾼을 선택하려고
까다로운 질문을 하며 입맛에 맞는
마트료시카를 찾는다

취준생은 뜻밖의 질문에 당황하며
견고한 문을 열 궁리를 한다
시험관 귀에 맑은 종소리를 울려주고
그들이 원하는 생각을 맞추려 정신 가다듬는다

세상 마트료시카를 길러내는 제도,
이 문에 들어서는 순간 취업생들은
획일적인 마트료시카가 되는 것이다
그래도 그 문 자유롭게 넘나들길
바라는 취준생들, 진땀 흘리고 있다

어떤 호사

정육점 골목
오십 대 초반의 건장한 사내가
큰 소 반 마리 들쳐 메고 있다
겨우 한 발 떼고 또 한 발 떼려 한다

어깨에 멘 반쪽 소 놓치지 않으려
목 부위에 박힌 갈고리 꽉 움켜쥐고 발을 옮기려 애를 쓴다
그 소, 한 몸이 서로 헤어지던 시간 떠올리며
버티는지 꼼짝 못 하고 있다

사람들은 안타깝게 바라만 본다
벌건 살점에 힘을 모으는 소,
기를 쓰며 세상 짐 완수하려는 사내
놓으면 안 되는 삶의 무게가
어깨 위에서 사투를 벌인다
살아간다는 애착이 끓는 시간
사내의 근육에 기합 넣는 소리 들린다
〈

요양병원에 있는 늙으신 어머니의 숨소리,
아내의 도마 소리, 아이들의 조잘거림일까
사내는 반쪽 소의 등에 생을 밀착시킨다
평생 채찍을 맞으며 밭을 갈아야 할 운명의 소

죽어서야 사람에게 업혀 가는 호사를 누리고 있다

쿠마리*, 꽃송이

굶겨야 해요
눈 코 귀 입을

여인의 꽃송이로 피기 전
흠이 없고 천시天時가 좋은 어린 꽃송이
소 돼지 양 닭 머리 뒹구는 캄캄한 방에서
울거나 큰소리 내면 안 돼요
피 냄새 견디며
못 듣는 소리 찾아내고
조곤조곤 마음을 읽는
신으로써 사는 힘 길러야 해요

엄마, 부르며 재롱떨고 뛰어놀 아이
가족과 떨어져 쿠마리 사원에서 붉은 옷을 입고
왕실의 수호신이 되어 기도를 바쳐야 해요
신성한 발 땅에 닿지 않게
사람들 숭배를 받아도 아이 눈빛 잃어 숨 막혀 해요

초경으로 떨어진 꽃

가정도 꾸리지 못하고 신을 앓는 아이
늙은 쿠마리 집은 어디인가요
거센 바람이 꺾어버린 꽃송이
물기 말라 갈 곳 없어요

* 네팔에서 살아 있는 여신으로 숭배되는 '처녀신'을 뜻한다. 3~6세 소녀들 중에서 선발한다. 여신은 초경이 시작되면 자리에서 물러난다.

뽑힌 말뚝

말뚝 박힌 흔적만 남았다
뚫린 구멍, 봄 햇살이 들여다본다

지난겨울 뇌경색으로 쓰러진 시어머니
병원에 입원시키고 사흘 만에 오니
말뚝에 묶어둔 백구가 안보였다
배고픔을 참지 못해 발버둥 치다가
뽑힌 말뚝 목에 건 채 어디로 갔다

힘없는 말뚝, 깊게 박으려다
뽑힌 말뚝이 있다
군에 말뚝 받기를 잘했다며
좋아하던 작은아버지
튼튼하게 잘 박은 줄 알았는데
노란 밥풀에 말뚝이 뽑히고 말았다

말뚝이 군건히 박혔다면 백구는 지금
흰털을 세우고 꼬리치며 봄볕을 즐기겠지
하지만, 세상에 안 뽑히는 말뚝 있을까
백구 그 녀석 말뚝이 뽑혀 고생깨나 하겠다

거품

매일 거품을 대한다
구석에 앉아 있는 세탁세제 주방세제 비누
혼자 일어서지 못해 비벼준다
심기心氣 따라 빨래하고 설거지하고 목욕하며
하얗게 일어선다

거품이 거품을 품으며
티브이 화면에서도 거품이 일고 있다
전세 대란이 일고 하루하루 거품이 치솟고 있다

검은 큰손들의 마찰로 부풀린 부동산 시장 주식 시장
양심도 이해도 없는 그 거품은
헹굴수록 여기저기 부풀어 치대고 흔들어도 소용없다
탁해진 물때가 신음할 뿐이다

그 거품 빠져나갈 출구 없으면
곳곳이 오염되어 아수라장이 된다
세상 얼룩 삼키는 거품, 세상 얼룩 덧칠하는 거품
눈이 밝거나 멀었다

떴다방 철새

–어르신을 모십니다
몸과 마음이 답답하신 분 모두 나오세요

옆 마을 솔뫼 공터 팽나무 부근에서
마이크 소리 요란하다
–저기 가면 아주 재미지다
시어머니 한 손에 부채 들고
신이 나서 집을 나서신다

서너 시간 지나
라면 한 박스 이고 두루마리 화장지 한 팩 들고
들어오신다
노래자랑에서 일등 먹고 용대리 마을 대표로 뽑혔다며

빈방에
플라스틱바구니 바가지 샴푸 비누 등 생활용품 쌓였다
–솔뫼 마을 팽나무 쇼핑센터 경품에 당첨된 물건이여
난, 만병통치약도 안 샀는데 운이 좋당께
원숭이 공굴리기 마술 구경을 하며 노래도 부른다고

함박꽃 피운 시어머니

여름휴가 때 오고 달포 후 찾아간 시댁
시어머니 안색이 먹구름이다
용대리가 질 수 없다며 마을 사람들 데려가고
고쟁이 비상금 털어 실적 올렸는데
꽝, 꽝이 되어버렸다고

노인들 주머니 다 쪼아 먹고 날아가 버린
떴다방 철새 어디서 잡나
마을이 뒤숭숭하다

풀다

묶여 있는 귀가 있다
한복을 감싼 보자기 귀가
단단히 홀맺어 있다
풀지 못해 끙끙거리다 가위로 자르려 하니
할머니가 말리신다
보초머리 없는 짓이다 살살 풀어라

마음을 어둡게 싸매 실마리를 찾지 못하고
뿔이 나서 얽히고 꼬인 일들
풀지 못하고 잘라버려 거리가 생겼다
나를 묶고 있는 결박 살살 달래면
서릿발 솟는 냉랭함도 풀릴 텐데

흰 구름은 느긋하게 자기 몸을 풀어 멋진 하늘 만들고
누에고치는 답답함을 참아내 비단실을 푼다
매듭을 잘 푼 실타래는 수를 놓고 옷을 짓는다

풀어야 쓴다는 할머니 말씀에
귀가 잘리지 않은 보자기,

차분히 매만지니 스르르 귀가 풀려
한복을 펼쳐 보인다

삼키다

폭염이 사람을 삼키고 있다
더위를 먹은 나는 속이 메슥거려
억지로 삼킨 음식을 토했다

삼키는 힘은 살아가는 힘,
벌통 옆에 잠복한 두꺼비가
날아오르는 일벌을 쩍, 쩍 입을 벌려
빨대처럼 빨아들여 삼킨다
뱀이 두꺼비를 통째로 삼키고
볼록한 목을 휘두르며 담은 넘어간다

살기 위해 삼키는 세상
폭염에 사람들은 짜증을 삼키고 있는데
세월은 할머니를 삼켰다
죽음이 무덤을 삼킨다
상한 것을 토해낸다

청문회에서 한 사내가 몰래 삼킨 것을
토해내고 있다

송이꿀을 찾아가다

장사를 할까 학원을 할까 공부를 계속할까
내 젊은 날, 송이꿀을 찾기 위해
주춧돌이 제자리를 찾지 못했다
햇살이 정오를 지나 둔각을 이루어도
꿀 머금은 꽃송이 피어 있는 곳 찾아
별빛 같은 언어의 집을 꿈꾸고 달리지만
꿀벌이 윙윙거리는 꽃나무는 찾지 못했다
유목의 피가 흐르고 있어 꾸는 꿈 때문인지
문장은 검은 안개 속에서 헤매고 있다
돌이켜 보면 나는,
걸음마를 시작할 때부터
유목민으로 살기 위한 준비를 하고 있었다
꿀송이를 찾아 종종거리는

검은 손의 향기

캬! 맛 좋다
밥은 안 먹어도 요놈은 마셔야 한당께
구순 시어머니 토란대 다듬다 말고
대접에 커피를 타 드신다

열대 지방에서 건너온 저 커피 속에 무엇이 있길래
먼 나라 시골 할머니 마음까지 사로잡을까

커피 한 잔 속에 숨은 손길을 생각한다
원두콩 육십 알 정도가 커피 한 잔
잘 익은 커피콩 알알이 골라 따는 어린 손
굳은살 박이고 찢어져 검은 눈물이 들어 있다

커피콩 따는 에티오피아고원 아이들
가난해서 손이 헐도록 커피를 따야 하는 손
평생 논밭 쫓아다녀 소나무 껍질 같은 시어머니 손과 닮았다
살기 위한 힘겨운 손길이 희망을 끌어 올린다
〈

사람의 힘으로 낼 수 없는 커피 향

손끝 닳아져 지문 없는 여린 손엔 그 향 배어 있다

잔디의 위치

풀도 격이 있나

어느 지방 유지의 넓은 앞마당을 단장한 금잔디
푸르게 몸단장하고 힘과 권력으로 폼을 잡는다
아무나 다가와 밟을 수 있는 풀이 아닌
귀한 대접 받는 몸이라며 당당한 표정이다

중세 말 프랑스와 영국 귀족의 저택에 펼쳐진
잔디밭 사진이 떠오른다
잘 정돈된 잔디밭은 힘 있는 가문
푸른 치장을 한 잔디는 자신들의 권위
정부청사 캠퍼스 공공기관 표지판에 쓰인 엄한 명령
잔디밭에 들어가지 마시오
기관 위상을 대신 드러낸 잔디
선택받은 것일까 틀에 갇힌 것일까

학생 때 숙제로 들 잔디씨 받아서 낸 것은
권력과 돈 있는 사람들을 위해 상납 되었나
넓은 초장의 골프장 잔디는 사람들의 과시용

스포츠 중 스포츠 축구는 잔디밭에서 해야 제격이나

고급 주택 마당에 깔린 금잔디, 몸도 제대로 못 피고
푸른 꼭두각시가 되었다
소탈한 모습으로 자유롭게 살아야 할 저 잔디들
억지로 짜 맞춰 놓은 사람들 허세에 발이 묶였다

겨울 모기

둔한 날갯짓
비실비실 패잔병 같다
보일러 열풍에 초겨울인지 모르고
어느 구석에 숨어 있다가 날아보지만
시절을 잘못 읽었다

제 세상이라고 활개 치며
잽싸게 장딴지 물고 얼굴에 반점 찍어 놓고
앵~ 앵~ 설치더니
신문지 말아 툭 치니 떨어지고 만다

바뀐 찬바람 이겨낼 재간 없이
호시절 생각나
잠깐의 따스함에 촐랑대다가 그만

지하철 도시

땅속 혈관이 뛰고 있다
감긴 시간을 바삐 풀면서
지역과 지역을 연결하며
정해진 구간을 순행한다

지하 혈관문을 따라 튕겨져 나오는 사람들
해와 달을 잘 익혀 내일을 완성하려고
뿔뿔이 지상으로 흩어어진다
수혈이 되지 않아 푸시맨이 등장하고
지하철은 고무줄처럼 늘어났다
혈관이 늘어나고 이제 더 많은 노선이 생겨
전철 맥박은 힘차게 뛴다

전철노선, 혈액순환이 잘 되어 몸이 튼튼하다
지상으로 미래를 실어 나르기 위해
개미집보다 세밀한 우주 행성보다 복잡한
땅속 혈관을 계속 세우는 중이다
거대한 도시가 지하철 힘으로 꽃이 피고 있다

새들이 비상하는 이유

새대가리, 멍청하다고요
얼마나 약삭빠른지
19단도 눈치로 외울걸요

앞 베란다 화단 감나무
늦가을부터 새들의 단골식당이 되었지요
참새 산비둘기 까치가 들락거리며
맛 좋은 감부터 쪼아 먹어요

지난여름 전염병이 번진 가지에 달린 감
이파리 잃어버린 채 힘겹게 익었는데
새들은 지껄이며 품평회만 해요
다른 가지에 달린 맛난 밥상 서로 차지하려고
목청 높여요

새들의 밥그릇 다툼 사진에 담아 두려고
베란다에 살며시 수십 차례 다가갔죠.
우리 모습 찍겠다고, 네 맘대로 안 될 걸
날쌘 눈으로 흘낏 그때마다 약 올리고 달아나요

〈

새들은 머리가 비상非常해서 비상飛上하나 봐요
총기가 뛰어나 사람 머리 위에서 날아요

무쇠가마솥

옛집 부엌에서
녹슬어 가는 무쇠가마솥
그 뜨겁던 몸이 차디차게 식었다

그녀는 불이 답이었다
그 답으로 사람들은 밥을 먹고
가마솥은 불을 먹었다
불기가 꺼져 밥을 굶은 가마솥
수척하게 말랐다
사람만 밥을 먹는 게 아니었다
가마솥도 끼니때마다 밥을 먹어야 했다

어쩌다 눌어붙은 누룽지마저도
달챙이 숟가락으로 박박 긁어 다 내줬다

곡기를 끊은 할머니도 저렇게 무쇠솥처럼 시들었다
무쇠솥에 남은 것은 한때 완성했던 기억뿐
그 힘으로 버티고 있다

■□ 해설

자연을 통해 보여주는 환경지표

마경덕(시인)

언제부턴가 떠들썩하던 동네 골목이 조용해졌다. 팔순의 할머니들이 골목에 앉아 지나가던 사람들을 구경하거나 시시콜콜한 소문으로 박장대소를 하던 골목이었다. 몇 년이 지나니 하나둘 이사를 가거나 몸이 불편해 요양원으로 떠난 뒤 돌아오지 못했다. 지금은 독거노인 한 분만 남아 적막한 골목을 지킨다. 비가 오는 늦은 밤 우산을 쓰고 홀로 집 앞 의자에 앉아 있는 노인에게 "어두운 골목에 혼자 앉아 무슨 생각을 하세요?" 묻고 싶었지만 차마 입을 떼지 못했다. 대답이 필요 없는 어리석은 질문이었다.

"감기 드시겠어요. 그만 집에 들어가세요" 했더니 "괜찮아.

답답해서 그래" 하신다. 답답하다는 그 말이 엄동설한 바람 소리보다 더 뼈가 시렸다. 말을 섞던 친구들이 떠났다는 사실은 어떤 상실감을 주었을까. 사라진 실체를 기억하는 일은 현재의 삶에 영향을 미치는 현재진행형이다.

집으로 오며 곰곰이 생각했다. 아무도 없는 공간에서 저 노인의 시간은 얼마나 더디 흐르는 것일까. 노인이 던진 부메랑은 지금 어디를 돌아오는 중일까. 삶의 재미도 의욕도 열정도 다 식어버린 누구도 대신해 줄 수 없는 저 외로움의 깊이를 짐작이나 할 수 있을까. 무언가를 다 잃어버린 공허한 자세를 어떻게 읽어야 할까. 점점 소외되어가는 사회적 관계 속에서 한 개인의 존재는 얼마나 나약한 것인가.

시를 쓴다는 것은 참 다행한 일이다. 누구에게나 똑같은 시간이 주어져도 그 쓰임새는 다르다. 시간이 훌쩍 도망쳐버리는 시 쓰기는 외로움을 산 채로 포획해서 지면에 묶어두거나 내면에 깔린 슬픔을 하나하나 지우는 일이기에 얼마든지 혼자 놀 수 있을 것이다. 아니, 문학에서 외로움은 좋은 재료가 아니던가. 외로움을 데치고 볶고 삶아서 맛있는 요리를 할 수 있을 것이니 시인은 늙어도 절망하지 않겠구나. 알고 보니 시 쓰기는 먼저 자신을 위로하는 일이었다.

시 쓰기의 첫 단계는 "대상에 대한 관심"이다. 관심은 그

대상에게 한발 다가서며 관찰로 변한다. 문학적 기능은 우리가 잊고 사는 중요한 가치를 찾아내어 "의미를 부여"하거나 합리적이지 못한 고정된 사회의 객관적 사실을 변형시키며 "의식을 환기"시키는 일이다.

사소한 개인의 일상에서 "삶의 의미와 아름다움"을 포착해내는 이명희 시인은 "사람과 자연과의 관계"를 통해 우리의 안일한 의식을 환기시키며 "개선의 여지(餘地)"를 제공한다. 자연친화적이며 토속적인 서정과 "자연에 대한 경외감"은 '시'가 되고 '기도'가 된다. 평범한 것들도 시인의 눈에 포착되면 특별해진다. 남다른 감성으로 세상을 바라보기 때문일 것이다.

대상을 어루만지는 온유함 속에도 현실을 직시하는 날카로운 시선이 잠복해 있다. 건강한 자연 속에서 유년을 보낸 시인에게 현재의 자연은 어떤 모습일까. 점점 피폐해가는 환경은 당면한 현실 문제에 "반응하는 요인"으로 작용한다. 시인이 시를 통해 보여주는 환경지표는 자연의 소중함을 인식하게 하고 우리가 "지향해야 할 방향"을 깨닫게 해준다. 그것에 대처할 미래를 갖추지 못한 현실의 징후들은 불안하다. 정신적 풍요까지 안겨주던 완벽했던 자연은 이제 현실에서는 만날 수 없는 부재로 증명되고 있다.

바람의 수첩을 넘기니
사계절 바람이 적혀 있다
샛바람 마파람 하늬바람 삭풍

지난번 다녀간 산과 다녀갈 산이 적혀 있다
사명산 줄기 아래 파로호, 그 옆 꽃섬에서 피고 지는
꽃양귀비 붓꽃 꽃창포 도라지꽃
들판에서 자라는 어린 소나무 버드나무 옥수수 콩 벼
마을 사람들과 밤나무집 이장님 이름도 적혀 있다

지금 대추나무를 흔드는 저 바람은
지구를 몇 바퀴나 돌고 왔을까

월명산 아래 작은 골짝 마을
잊지 않고 때맞추어 찾아와
바람 날개로 곡식 키우고 익혀 함께한다
삼월로 접어들자
살랑살랑 실바람으로 민들레꽃 피우고
곰치 곤드레 머위싹 새 힘 불어넣는다

바람 안에 바람을 기록한 두툼한 수첩

사람 마음까지 파고드는 바람

내게 찾아올 적당한 시간도 기록하고 있을까

내게도 바람을 기록할 수첩이 있는데

—「바람의 수첩」 전문

이명희 시인이 넘겨본 "바람의 수첩"엔 자연의 순리와 세상을 움직이는 "창조주의 힘"이 빼곡히 적혀 있다. 이런 상상력은 시인의 "기독교적 종교관"과 이어진다. "바람의 수첩"과 "시인의 수첩", 두 개의 수첩이 똑같은 방식으로 움직이고 있다. 보이지 않는 바람을 통해 사계절의 변화를 한눈에 볼 수 있도록 배치한 매뉴얼이 돋보이는 작품이다. 시인은 이렇듯 무심히 지나칠 만한 사소한 것들의 "감춰진 의미"를 찾아낸다.

기압의 변화에 의한 "공기의 흐름"이 '바람'이다. '바람'은 두 지점 간의 기압차가 생길 때 그 차이에 의한 힘으로 '공기'가 움직여서 발생한다. 바람의 실체는 '공기'이기 때문에 눈에 보이지 않는다. '바람'의 역할은 무엇일까. 밀도가 높은 곳에서 낮은 곳으로 흐르며 대기의 균형을 이루는 것이다. 밀도 차가 클수록 '바람'의 세기도 강해진다. 11~3월 사이에는 풍력이 강하고 차고 건조한 북서 계절풍이 불고, 5~9월 사이에는 풍력이 약하고 고온다습한 남동 계절풍이 불어 기온의 차이를 확연히 느낄 수 있다.

이명희 시인이 펼쳐본 "바람의 수첩"엔 무엇이 적혀 있을까. 바람이 "한 일과 해야 할 일과표" 속에 "키워야 할 꽃과 곡식의 목록"과 마을 사람들 이름까지 소상히 기록되어 있다. 바람의 역할은 "살랑살랑 실바람으로 민들레꽃 피우고 곰치 곤드레 머위싹에 새 힘 불어넣는" 일이다. 철에 맞는 바람의 힘으로 자연은 균형을 이루고 있다. 시인에게도 사람의 마음까지 파고드는 "바람을 기록할 수첩"이 있다고 한다. 아무 때나 간단히 메모할 수 있는 "마음의 공책"은 "시인의 수첩"이다. 이 "마음의 수첩"은 써도 써도 해지지 않고 페이지도 제한이 없다. 이런 수첩은 시인만이 가질 수 있는 "특별한 수첩"일 것이다. 별다른 감흥 없이 당연시되는 주변의 익숙한 것들의 "의미를 되짚어 보게 하는" 작품이다.

> 대명항 젓갈 판매소
>
> 씨앗젓갈 글자가 나를 끌어당겼다
>
> 어떤 씨앗으로 담은 젓갈일까 궁금해 사 온 씨앗젓갈
>
> 날치알 청어알 명태알, 호박씨 해바라기씨가 섞여 있다

〈

바다에 알을 뿌리지 못하고

들로 나가 싹을 틔우지 못하고

짜디짠 젓갈이 되어 씨앗인 척 이름만 지닌 저것들

사람의 몸에 씨를 뿌린다

나는 이미 죽은 씨앗을 삼킨다

헤엄치지 못한 수많은 명태가 내 몸에서 아우성친다

한때 씨앗 창고였지만 씨앗을 뿌릴 수 없는 몸

그들이 힘을 주며 일으켜 세운다

저 죽은 씨앗을 먹고도 우리는 살아간다

씨앗은 죽어서도 산다

—「씨앗젓갈」 전문

'씨앗'이란 말은 "앞으로 커질 수 있는 근원을 비유적으로 이르는 말"이기도 한다. 아메리카로 건너간 600여만 명의 유럽인들은 옥수수를 심어 100여년 만에 9천여만 명으로 인구를 늘리며 원주민을 밀어낸 후 주인이 되었고 19세기 중반

아일랜드에서는 감자 대기근으로 인해 100만 명 이상이 굶어 죽었다고 한다. 이처럼 인류의 생존과 역사를 바꿀 수 있는 것이 씨앗의 힘이다.

"노아의 방주", "세계 종말의 방"으로 불리는 '국제종자저장고' 역시 인류의 생존을 위해 씨앗을 보존한 보물창고이다. 씨앗은 환경이 불리하면 겨울잠을 자다가 생육조건이 맞으면 발아해 생장을 하기에 영하의 저장고에서 계속 '겨울잠'을 재우는 것이다.

흉년이 들어 양식이 없어도 '씨종자'는 절대 먹지 않는다. 씨앗 전쟁에 뛰어든 현대의 거대 씨앗 기업들은 새로운 씨앗을 개발하거나 각국의 토종 씨앗들을 빼앗으며 전 세계 씨앗 시장을 장악하고 있다. 이들은 씨앗의 재생산을 막기 위해, 한번 열매를 맺으면 스스로 씨앗을 파괴하고 씨를 거두지 못하게 하는 '터미네이터 기술'까지 개발했다고 한다.

그렇다면 "씨앗의 가치"에 대해 알아보자. 상품 가치가 높은 골든시드(Golden seed)라고 불리는 종자는 같은 무게의 금보다 비쌀 정도로 부가가치가 높다고 한다. 파프리카 종자 1그램의 가격이 황금의 2배라니 놀랍기만 하다.

식물이 싫어하는 것 중의 하나가 짜디짠 '소금기'이다. 대명항 젓갈 판매소에 날치알 청어알 명태알, 바다의 씨앗이 호박씨 해바라기씨와 섞여 있다. 이 어울리지 않는 조합은 인간의 소행이다. 사람의 입맛에 맞춘 씨앗은 젓갈에 버무려져 씨앗젓갈로 팔리고 있다. "바다에 알을 뿌리지 못하고/들로 나가 싹을 틔우지 못하고/짜디짠 젓갈이 되어 씨앗인 척 이름만 지닌 저것들/사람의 몸에 씨를 뿌린다"고 한다. 죽은 씨앗이 사람을 살리는 격이다.

인간에게도 종족 번식의 힘이 있다. 그러나 일정한 시기를 지나면 노화가 오고 폐경이 되면 생식(生殖)의 힘은 사라진다. 부화 되지 못한 생선알과 젓갈에 버무려져 발아하지 못한 씨앗들도 이미 힘을 잃었다. 그러나 죽은 씨앗들은 먹이가 되어 사람을 일으켜 세운다. 죽어서도 살아있는 씨앗의 힘이다.

오래된 떡살 너덧 개
단돈 오천 원에 팔아버린 시어머니
잘 없앴다며 홀가분해 하신다

봉황새 물고기 국화 구름당초,
팔아버려 아깝네요
시할머니 팔순 잔치 떡, 막내 시동생 이바지 떡에서

피어나던 무늬 떠올라 대꾸했다

이젠 집에서 떡 하는 사람도 없다

떡살 도장 어디다 쓰냐

간절한 소원이 담긴 언어, 문양 속에 가득한데…

며칠 후 시어머니가 찐 쑥개떡엔

나뭇잎 코스모스 빗살무늬 나비 팔랑거린다

떡살 대신 숟가락으로 모양 좀 내봤당께

접시에 떡을 펼치신다 숟가락 도장 자국에

수없이 드나든 가슴앓이 햇살이 소곤댄다

궁한 살림살이에

사소한 음식에도 멋을 담았던 우리 어머니들

숟가락 도장이 지켜주고 있었다

—「숟가락 도장」 전문

다식판과 함께 경상도 예천 지방의 '떡살'은 아름답고 정교한 조각기법으로 유명하다. 고려시대부터 사용한 것으로 알려진 '떡살'은 한 자 정도의 단단한 가래나무나 박달나무

판에 음각이나 양각의 문양을 새기고 절편에 도장을 찍듯이 누르면 여러 가지 문양이 찍혀 보기 좋은 떡이 되었다. "떡살의 무늬"는 가문에 따라 독특한 문양이 정해져 부득이 '떡살'의 문양을 바꾸어야 할 때는 문중의 승낙을 받아야 할 만큼 집안의 상징적인 무늬로 통용되었다. 단옷날 수리치절편에는 수레무늬, 잔치떡에는 꽃무늬, 사돈이나 친지에게 보내는 떡에는 부귀(富貴)와 수복(壽福)을 기원하는 길상무늬를 찍어보냈다고 한다.

"보기 좋은 떡이 맛도 좋다"는 말이 괜히 나온 말이 아니었다. 겨울이 오기 전 방문에 '창호지'를 새로 바를 때 문고리 옆에 고운 "단풍잎이나 꽃잎"을 한 장 넣어 멋을 부리거나 음식에 갖가지 '고명'을 얹던 우리의 어머니들처럼 선조들의 격조 있는 음식문화를 보여주는 '떡살'은 사소한 것 하나에도 의미를 부여하고 치장하기를 즐기던 우리 "문화의 상징성"을 보여주는 것이라고 한다.

"오래된 떡살 너덧 개/단돈 오천 원에 팔아버린 시어머니/잘 없앴다며 홀가분해 하신다"에서 알 수 있듯이 시할머니 팔순 잔치 떡, 막내 시동생 이바지 떡에 무늬를 새겨넣던 '떡살'은 단돈 오천 원에 팔려갔다. 요즘은 떡집에서 떡을 주문해 먹는 시대여서 '떡살'은 쓸모가 없어졌다. 어쩌면 시어머니는 고단했던 과거에서 빠져나오고 싶었던 것일까. 함께 보낸 긴 시간을 청산해버리고 조금은 후련해지셨을까. 일생 문양을 찍다가 쓸모없음으로 버려지는 '떡살'은 낡아가는 것들의 비애를 느끼게 한다.

빈자리가 허전했던 것일까. 며칠 후 시어머니가 찐 쑥개떡엔 숟가락으로 모양을 낸 나뭇잎, 코스모스, 빗살무늬, 나비가 팔랑거린다. '떡살' 대신 숟가락이 "무늬도장"을 찍은 것이다. 궁한 살림살이에도 멋을 담았던 시어머니의 솜씨였다. 이명희 시인은 특유의 순발력으로 평범한 일상의 순간을 담아내고 사람과 사람들이 살아온 "아름다운 흔적"을 소상하게 기록하고 있다.

실시간으로 중계되는
봄의 생방송은 늘 새롭다
산에서 들판으로 텃밭에서 화단으로 채널을 돌려도
감탄하며 고개 끄덕이는 소식이다

하지만 시청자 생각은 갖가지,
파릇한 산을 보고 밀고 나가는 힘이 있다 하고
시간은 잘도 변한다며 후회를 찾기도 한다

둔덕 연분홍 살구꽃이나 밭이랑에 노랗게 핀 장다리꽃 속에

훗날이 있다 하고 속절없는 봄 약속하다고도 한다

화단에는 쨍한 하늘 튤립 문을 열고 꽃잔디 수선화를 불러낸다

조화롭게 핀 꽃들을 보고 우리 할머닌

인생도 저렇게 해마다 새롭게 찾아오면 얼마나 좋겠냐

봄빛 붙잡고 허한 마음 달랜다

봄의 생방송은 무르익고

찔레꽃 아카시아꽃 한창인데

우리는 언제 봄 무대에 오르나

—「봄의 생방송」 전문

'생방송'은 실황이기에 작은 실수에도 긴장하게 된다. 대상을 조명하는 "카메라의 시선"과 현장을 "중계하는 시선"과 화면을 바라보는 "상호적 시선"이 일치되어 '생방송'이 진행된다. 하지만 노련한 봄은 연출에 능하다. 십 리 벚꽃길도 순식간에 연출을 마치고 큐사인을 보낸다. 길거리에 핀 민들레 한 송이도 알뜰하게 '소품'으로 쓴다.

봄은 갖가지 전시를 하고 "보여주는 방식"에 익숙하다. 우

주 만물을 소생시켜 '생방송'으로 중계를 할 때 봄의 시청률은 올라간다. 회색빛 도시를 노랗게 칠하거나 강변의 잠자는 벚나무를 일으켜 화사한 기운을 연출하고 상춘객을 불러모은다. 들판을 파랗게 칠해 생기를 불어넣고 유채, 냉이, 달래, 쑥을 내세워 현장으로 여인들을 불러낸다. 도시의 꽃집도 제철을 만나 화분에 담긴 봄이 팔려나간다.

봄이 펼친 무대는 해마다 같지만 시청자의 후기는 각각 다르다. 연분홍 살구꽃이나 밭이랑 장다리꽃 속에 훗날이 있다 하고 속절없는 봄이 야속하다고도 한다. 마치 우리네 인생처럼 봄날은 빠르게 가고 있다. 이명희 시인은 봄빛의 화려함 속에 숨어 있는 "속절없음과 허무함"이 주는 서글픔도 빠뜨리지 않는다. 봄에서 "파생되는 의미"를 따라 변해가는 풍경에 '앵글'을 맞추고 한눈에 볼 수 있게 '영상'으로 이야기를 풀어간다. 미디어를 활용해 활유법으로 봄의 풍경과 봄의 그늘진 뒤편을 실시간 진솔하게 보여줌으로써 봄의 "이미지나 자연의 가치"를 새로운 방식으로 확장하고 있다. 이 작품의 요지는 봄이라는 하나의 답을 놓고 독자 스스로가 점점 오염되어가는 현재의 자연을 돌아볼 수 있는 계기를 마련한 점이다. 아래 예시된 「흙, 봄날 파생어를 뿌리다」에서도 봄의 이미지가 유기적으로 이어진다.

나는 모든 만물 품어 길러주는 주어이지요. 훈풍이 접두사로 날갯짓하면 씨앗 싹틔워 파릇파릇 봄을 펼치지요. 그러면 종달새는 동사처럼 오르락내리락 언덕을 날아다니며 봄 노래를 불러요. 울긋불긋 꽃을 피워 환히 밝힌 형용사 동산에 벌 나비가 앵두꽃 사과꽃 배꽃에 조사처럼 매달려요.

접속사 태양이 지상에 따스한 볕을 비추면 아기 열매들이 주렁주렁 보조어간으로 매달리지요. 농부들의 바쁜 일손 다독여 채소에 부호를 달아줘요. 접미사 봄비 아가씨 촉촉이 내리네요. 수다쟁이 부사 아줌마 자랑할 꽃도 많지만, 봄꽃이 제일 예쁘다며 어깨 들썩거리지요. 야생꿩 뻐꾹새 꾀꼴새 동박새 소리 흉내 내며 노래로 각주를 달아요.

나는 하나님도 깜짝 놀라는 소출을 올리지요. 하늘을 품었고 내 몸 안에는 파란 부리들이 살고 있어 새록새록 말의 씨를 물고 돋아나요. 이 봄날 아기자기한 언어들이 내 배꼽에서 날아올라요.

—「흙, 봄날 파생어를 뿌리다」 전문

이명희 시인은 '품사'를 긴밀하게 사용해 파생된 이미지로 봄을 만들어나간다. 만물을 품어주는 봄은 "주어가 되고 중심"이 된다. 그 주변부에서 훈풍은 '접두사'로 종달새는 '동사'로 울긋불긋 꽃을 피운 동산은 '형용사'로 동산에 꽃과 벌나비는 '조사'로 매달리고 볕을 주는 태양은 '접속사'로 등장한다. 농부들의 바쁜 일손은 채소에 부호를 달아주고 야생꿩 뻐꾹새 꾀꼬리는 노래로 각주를 달고 있다. 각각 다른 소리들이 어울려 봄이 되고 있다. 만물을 지으신 하나님마저 봄의 활약에 깜짝 놀라 소출을 올린다니, 생명이 넘치는 봄은 '주어'임에 틀림이 없다.

창작을 위한 사유의 시간처럼 겉모습이 화려한 "봄의 뒤편"엔 지상에 풍경을 지어 올린 뿌리의 고통이 어찌 없을까. 이 보이지 않는 것들이 봄을 짓는다. 봄이라는 다양한 형태의 기호는 확장되어 사계절과 이어진다. 자연과 인과관계로 이어지는 '상상력'은 시를 형성하는 '동력'이 되고 있다.

현실 속에서 상상력은 예술의 영역이라고 말한 노성호 뿌브아르 대표는 "상상력은 인간이 가진 능력 중 최고의 가치를 지닌다. 인류가 수천 년에 걸쳐 이뤄낸 대부분의 역사가 상상력과 여기에서 파생된 아이디어에서 시작됐음을 알고 있다. 인류의 죽음에 대한 상상력은 원시종교를 낳았고 인간의 본질에 대한 상상력은 철학을 낳았다. 그리고 지상으로의 낙하에 대한 집요한 상상력에서 뉴튼의 "만유인력의 법칙"이 탄생했다. 한마디로 인간이 가진 상상력은 현재의 문명을 일궈낸 뿌리이며 "창조 씨앗"이다."라고 하였다. 이명희 시인의 무한한 상상력은 씨앗이 되어 새로운 방식으로 이미지를 추적하고 그 과정을 다양한 형식으로 풀어낸다. 인간에게 베푸는 자연의 사랑과 "신에 대한 경외감"도 균형을 이루고 있다.

밤나무 둥치에 엎드린 매미 허물,
기도하는 할머니 모습이다

얼마나 간절히 집 떠난 자식 생각했으면
피가 말라 속이 텅 비었을까

그녀의 빈집엔, 젖 물려 자식 키운
흙의 숨결 묻어 있고
세상을 향해 날아간
마음 찢긴 시간이 등껍질에 남아 있다

며느리 하늘에 보내고 손주들 위해

허물이 되신 할머니,
우리들을 세상 전부로 여기고
몸 돌볼 틈이 없었다

밤나무에 꼭 붙어 있는 은빛 허물
비바람에 몸이 상해도 자세 흩트리지 않는다
후손들
푸른 숲에서 고운 노래 부르며 살도록

—「빈집에서 날개가 돋다」 전문

'매미'의 유충이 성충이 될 때 껍질을 탈피하고 우화 되는 과정에서 허물은 흔적으로 남는다. 다 자란 몸이 빠져나간 허물은 '매미'의 모습 그대로 나무에 매달려 있다. 나무 둥치에 엎드린 "매미 허물"을 보며 시인은 "기도하는 할머니"를 떠올린다. "얼마나 간절히 집 떠난 자식 생각했으면/피가 말라 속이 텅 비었을까//그녀의 빈집엔, 젖 물려 자식 키운/흙의 숨결 묻어 있고/세상을 향해 날아간/마음 찢긴 시간이 등껍질에 남아 있다"고 한다. 며느리는 하늘에 보내고 손주들을 대신 키운 할머니는 자신의 몸은 돌볼 틈이 없었다. 그가 할 수 있는 일은 손주들을 위한 "간절한 기도"였을 것이다.

저 빈 허물 속에 "은폐된 시간"은 기나긴 "고통의 기간"이다. 아이들만이 전부라고 믿었던 할머니의 희생도 저 허물 속에 들어있다. '매미' 역시 "매미가 되기 위해" 땅속에서 유충으로 버틴 7년은 짧은 한철에 소비되고 이내 지상에서 사라진다.

그러나 『월드 스펙테이터 -하이데거와 라캉의 시각철학』의 저자인 카자 실버만은 "어떠한 개별적 존재를 하나의 단일한 시점에서 볼 때 우리는 그것을 구체화 할 수밖에 없다. 창조물이나 사물을 그것의 존재로 방면하기 위해서는 우리는 관점의 다양성으로 이를 이해해야만 한다."고 하였다. 모두 그러할 것이라고 믿는 고정관념을 의심하며 문학은 시작된다. 희생과 연민으로 바라보는 보편적인 시선과 그 속에 숨어 있는 또 다른 무언가를 바라보는 시선은 문학을 이해하기 위한 다양한 방법으로 사용된다. 다른 시각으로 보면 빈 허물도 어떤 결과물을 얻어낸 당당한 흔적일 뿐이다. 노인의 주름살을 일생을 살아낸 "인생의 계급장"이라고 하듯이 시선의 문제는 "누가 보느냐"보다는 "어떻게 보느냐"가 더 비중이 클 것이다. 독자는 다른 시각으로 공간에 개입하고 "자신만의 답"을 찾아내기도 한다.

치매癡呆기가 조금 있는 우리 시어머니,

가끔 화투를 혼자 하시며

헐거워진 옛길을 더듬는다

화투장을 펼치며

세상 풍경 다 들어있는데 문이 안 보이네

혼잣말하신다

청홍단 꽃 같던 새댁 때

창호지에 12달 그림을 그려 광목천에 붙여

옻칠해 만든 화투,

솜씨 좋다고 먼 동네까지 소문이 나

여러 곳에서 주문이 들어오기도 했었다고…,

그땐 화투짝 그림처럼 멋들어지게 살 줄 알았는데

화투패 놀음처럼 부질없이 시간만 흘렀다고 푸념이시다

난, 지금도 문을 제대로 찾지 못하고

봄빛을 갈망하고 있어 생각에 잠겼는데

어머닌 국화꽃 패를 보셨는지

아따! 향기롭다 하신다

함박꽃 표정, 어인 일인지 금방 샐쭉해져

나 죽으면 마른 국화꽃 향기라도 나야 하는디

작은 소리로 되뇌신다

마음대로 두드릴 수 없는 그 문,

화투짝 꽃들도 헛손짓한다

땅속에서 새싹 돋는 씨앗처럼

내 안의 문은 두근거리는데

—「보이지 않는 문」 전문

세상에는 "보이지 않는 문"이 있다. 그 문으로 열고 들어가 혼자만의 세상에 갇힌 사람들은 과거와 현실을 오가며 출구를 찾지 못한다. 정지된 기억의 지점에서 맴돌거나 그 기억을 따라 한없이 흘러가 버린다. 화투를 치는 것도 치매 예방에 좋다고 경로당 노인들은 둘러앉아 화투패를 돌린다.

일본에서 들어온 '화투'는 나라 잃은 백성의 무력감 달래주던 놀이로 사용되었다. 재수떼기, 운수떼기 등으로 진화하면서 점풍의 성격을 갖기도 했고, 민초들의 정서를 담아낸 "화투타령"에 보면 '화투'의 각 달과 연결해 식민지 백성의 "허무한 삶"을 읊고 있는데 일제강점기와 정치, 사회, 경제적으로 힘겨웠던 시간을 달래주었던 대중적 놀이로서 성격을 보여주는 것이라고 한다.

시인의 시어머니는 꽃 같던 새댁 때 창호지에 12달 그림을 그려 광목천에 붙여 옻칠해 '화투'를 만들고 먼 동네까지 소문이 나 주문이 들어오기도 했었다니 보통 솜씨가 아니었을 것이다. 화투짝 그림처럼 멋들어지게 살 줄 알았는데 "화투패 놀음"처럼 부질없이 시간만 흘렀다니, 인생이란 "화투패 놀음"과 무엇이 다르겠는가. 48장으로 된 '화투'는 계절에 따른 솔, 매화, 벚꽃, 난초, 모란, 국화, 오동 따위 열두 가지의 그림이 그려져 있다. 화투로 그날의 운세를 보고 일 년의 운을 점치기도 하는 화투판은 "길흉화복이 존재하는" 작은 세상이다.

"달과 계절"이 손끝에서 속수무책으로 흘러가듯 청춘도 빛이 바래 '치매'가 슬슬 다가오고 있다. "과거와 현재가 혼재된" 지점에서 시어머니는 어느 쪽을 바라보고 계실까. 화투짝도 헛손짓하는 과거 쪽으로 점점 기울어가는 불안이 슬쩍 내비치기도 한다. 보이지 않아 불안한 문들이 빠른 속도로 늘어나고 있다. 화려한 화투 속의 꽃들처럼 인생도 '일장춘몽'인 것이다.

밭둑가에
하얗게 머리 센 민들레가 서 있네
뭔가 할 일이 남았는지 고개를 갸웃갸웃

〈

손녀를 데리고 취나물을 뜯던 할머니

꽃대를 뽑아 꽃씨 날려 보내네

알몸으로 던져진 몸

떠돌다 앉는 곳은 어디일까

할머니는 꽃대로 피리를 만들어 부네

알 수 없는 곡조 애절히 봄 계곡을 울리고

낭떠러지 광풍에도 잘 견디어 왔다고

산모퉁이 부엉바위에서 들려오네

피고 지는 개꽃 무더기 아래 들꿩 노니는 소리

깊은 산골에 연둣빛 번져가고

할머니 민들레 피리 후렴구에

봄날은 목이 메어 마음만 바쁘네

—「할머니의 민들레 피리」 전문

피고 지는 '개꽃 무더기' 아래 '들꿩' 노니는 소리가 들리는 봄날, 손녀를 데리고 취나물을 뜯던 할머니가 부는 피리 소리에 봄날마저 목이 메인다. 어떤 소리일까. 밭둑가에 서 있는 하얗게 머리 센 민들레 꽃씨를 날려 보내고 꽃대를 뽑아 만든 피리 소리는 할머니만이 알 수 있는 애절한 곡조이다. 머리 센 할머니와 하얀 꽃의 민들레는 동병상련의 관계이다. 어느덧 저물어버린 한 여인의 일생을 노쇠한 민들레를 통해 유추할 수 있을 것이다.

어딘가로 날려주고 싶은 할머니의 마음을 눈치챈 '민들레 속씨'는 "갓털의 힘"으로 바람에 날아간다. 어디에 내려앉을 것인지 손녀인 시인은 불안하고 안쓰러운 시선으로 바라본다. 며느리 먼저 보내고 맨손으로 세상을 살아낸 할머니의 일생과 무관하지 않을 것이다. 사람에게는 딱 한번 뿐인 봄, 그 눈부신 날은 일생에 몇 번이나 있었을까. 「할머니의 민들레 피리」는 깊은 산골에 "연둣빛 번져가는 봄날"이기에 더 애잔하게 느껴진다. 이 비유법은 자연과 인간이란 주제를 보여주기 위해 시인이 선택한 "최적의 방식"이다.

예민한 감수성으로 자신을 둘러싼 "환경에 반응하는" 시인은 "자연과 인간"이 서로 반목하지 않고 "적절한 균형을 찾아 공존하는" 동형성(同形性)에 초점을 맞춘다. 오늘을 살아가는 현대인들의 "위태로운 환경"은 시인의 시적 방향을 자연친화적으로 이끌고 있다. 이명희 시인은 아름다움을 추

구하는 감성의 영역을 확보하고 자연과 “공감할 수 있는 지점”을 찾아간다. 이러한 행위는 “세상을 위한 절실한 기도”로 나타나고 유기적인 호흡으로 이어진다. 이명희 시인은 오염된 대기와 수질 토양 등 인류에게 주어진 “환경이란 중대한 과제”를 시를 통해 성실하게 탐색하고 있는 것이다.